Dodedanser en ander Essays

Frans Calitz

Outeur: Frans Calitz
Voorbladontwerp: Malherbe Uitgewers

Geset in Franklin Gothic Book 12pt

ISBN 9798358053151

Eerste Uitgawe 2022

Uitgegee en gedruk deur
Malherbe Uitgewers

Inhoud

En Ineens is dit Verby

Op die horison verloor die son sy stryd teen die watervloed van die koue magtige Atlantiese oseaan. Poseidon neem sy kwas en verf die einder in skakerings van rooi, pers en oranje; 'n kleurvolle lappieskombers. Die getye draai. Stadig maar seker. Weg is die woestheid, die water is kalm. Gone is the flow. Gister se ongekontroleerde in-en- uit van die oseane is gestil. Eens glimmende onderwater se seebamboes muteer blouswart in die Afrikason; shades of black and blue. Die resepte vir avontuur; onleesbaar vergeel, gefragmenteer, verpoeier en verguis.

In die ooste steek die son sy kop oor die Sederberge se pieke, moeg en traag. Onvermydelik is die eb en ongenooid tot in die kamers van harte en huise. Geëmansipeer van gejaagdheid. Vry van sorge, moet en moenies.

Akademie verban tot leksikons. Die korporatiewe leer 'n implement tot 'n los dakteël. Viriliteit en manlikheid 'n ydele droom wat verseg om te wyk. Herinnering op herinnering stamp teen die skedel se wande. Jare en jare se voortvarendheid vervang deur die onvermydelike bewuswording van 'n ontmoeting met 'n vreemde vae wêreld, ver agter die Suiderkruis waar mense op water loop. Op die oewers van waterlope in die skadu's van dofgroen wildevyebome die broodjies breek en die vissies vermeerder, in sirkels sit en hande vat, verlang en luister na die man met die sagte stem, magiese hande en oë blou.

By the rivers of Babilon!!! Weep, pray and laugh.

Dankie aan almal; vir die ritte op gister se paaie; teerpaaie, stofpaaie en voetpaaie. My kompas vir môre. Meer as 'n miljoen goue oomblikke instrumenteel tot my oorgang na 'n nuwe paradigma. Sonder vrees en angs. Slegs waardering vir die voorreg van vriend, beminde, seun en vader. A thousand golden memories unlocking the crevices of my scull. Die vervloë glorie van die jeug is 'n stroom helder water. Die doen en late van gister 'n troebele afvoersloot.

Die engelstem van my Moeder, die gesig van my dogter, die reuk van kleinseuns en die smaak van vergange bemindes, die gelag van vriende en nog baie ander. Ambivalente emosies; liefde en pyn, hoop en wanhoop. Dae en nagte van eindelose reise na wat lank voor gister reeds verby is.

My lewenslig. Vredendal. Op die oewers van die Olifantsrivier. 'n Rooi driewiel met 'n fluffy saal en klokkie. Die soet naam van 'n laerskool kys. Van Rhynsdorp laer. In die skaduwee van die Maskam. Kaapstad. Vishoek. Kommetjie se strand. Hoërskool Zwaanswyk. Die meisie van my drome se hand in myne. Ver op die horison verdrink die son in die sout. My oë in die sagte kyke van ontwakende liefde. 'n Oorgedekoreerde matriekafskeid saal. Linte en ballonne en lanterns. Rock Hudson's en Doris Day's. Die pakke blink. Stove pipes and bell bottoms. Die hare; beehive en bob. Alice bands and crimplene.

Opleidingskampe in die noorde van Suidwes-Afrika. Patrollies en muskiete. Jannie op 'n landmyn. Huis toe in 'n sak met die goewerment se tjap. Die onbeheerste oopskeur van 'n liefdesbrief op die oewer van die Zambezi. Dear Johnny. Liewe Jannie. I am so sorry. Ek is so jammer. So very very sorry. So bitter bitter jammer. Ek haat myself. I hate myself. Die woorde forseer die lug uit jou longe. Jy dwing die trane terug.

The eyes that do not weep
are the saddest eyes of all.
I never meant to cause you any sorrow
I never meant to cause you any pain
I only wanted to see you laughing
I only wanted to see you
laughing in the rain.

Stellenbosch toe. Matieland!! Die lewe is 'n lied. Kammie is al die derde jaar in sy eerste jaar. Of soos hy sê, die driede. Hy lê vir my uit hoe om my IK maksimaal te benut. Sy akademiese prestasies boesem egter nie vertroue in nie – Afrikaans 1 en herre in volkekunde en geografie.

Die Wilcox-gebou. Sielkunde. Die Ou Hoofgebou. Geskiedenis en Afrikaans. Studente in kort rokkies. Uitstaanpatroontjies op T- hempies. Perfekte kuite bo dun enkeltjies. Delikaat die voetjies in silwer sandaaltjies met goue bandjies. Die dosente se stemme gaan by jou verby.

Coetzenburg. Oor die bruggie, deur die hekke van die klipmure. Diskus uit 'n ronde sirkel teen 'n 75-grade hoek teen 'n tierende Suidooster. Op die rugbyveld; with a leather ball in your hands, a love on the sideline and a growing thirst. Deep Heat en skrumpette. Kykweer beperk tot die lewensgrootte skamele geklede Ursula Andress teen die muur van die koshuiskamer. Of Undress soos per ons versugting.

Vergenoeg!! Jou meisie, 'n bottel gefortifiseerde wingerdstoksap en 'n kombers op die grond. In die skadu van Papegaaiberg. Die nostalgie van weleer. Simon van der Stel se groente-mark. Pampoene en patats. Kleiduiwe en snaphane.

Die boekwinkel op die hoek; vir abakusse, kladpapier en vetkryte. Tollies se magnetiese houvas. Die grootste winskoop in die ganse heelal. 'n Bottel Tas en drie biere vir 'n rand oor 'n donker toonbank. In Tas we trust.

Singend straatop koshuis toe. Porra op die hoek verkoop vis en groente. Kammie se ma se woorde kry sonder uitsondering daar gestalte. Please boy, don't forget to eat your veggies, en neem vir hom 'n tamatie.

Serenades by Minerva. You should ever think of leaving me. Ons koes vir projektiele uit die hoogte.

Heemstede is volgende. Ons probeer weer. Why why Delilah. Maar ons tenoorstemme blykbaar meer gepas vir die Royal Albert Hall in London. Ons koes vir uitgetrapte slippers, plastiek koppies en onwelvoeglike taal wat die dier in jou wakkermaak. Why why Delilah. Die matrone se kop kom ook deur die venster. Ons afskeidswals; een aand op 'n trein na Pretoria, sit trane in ons eie oë. Kammie vra wanneer ons weer moet optree en wag vir RSVP. Ons blaas die aftog en stap koshuis toe om te gaan studeer maar raak aan die slaap. Die Laan se eike kry ook 'n beurt. In die aanslag van die maan se gloed tussen die takke leer die manne vriendinne predikate opstoot.

Buitemuurs piepie ons teen die eike. Onder lamppale as die son al slaap. Binnemuurs systap ons die lessenaars en gebruik die urinaal. En transformasie? Papie na kriek!!! Natuurlik, kleurloos en bloedloos.

Grade dag! Uiteindelik!! Ek voel BJ se hou teen my bles. Bye bye happiness, I think I'm gonna cry!! Die wye wêreld in. Die hoofweg is 'n miljoen myl met derduisende afdraaipaaie.

Jillende malgasse in Lambertsbaai verdoof die pragtige stem van die meisie in jou lewe. Hotnotsvis en slaptjips. The statue of Bartolomeu by Kaappunt met 'n panoramiese uitsig oor Valsbaai tot by Hangklip in die verskiet. Seinheuwel met 'n uitsig tot ver anderkant Robbeneiland. Noordhoek, Vishoek en Muizenberg. En Kirstenbosch. In my geheue graveer. Die geur van blomme, en die smaak van laventel-lippe. Over and over. Which way are you going Billy, can I come too? I aroha koutou hohonu!! Tuine rugbyklub. Die Oyster Bar en Naughty's Midnight Grill in Seepunt. T-Bone and chips for two. Tokaibos en die geur van denne. Trust Bank Heerengracht, rooi matte en dametjies in baie kort rokkies. 'n Sonnige dag by Chapmans Peak hotel. Somerdae in die Sederberge. Van Rhynsdorp! Die lente blomme-prag. Mistige aande in die Sea Breeze inry teater. Vierde Strand Clifton. Derduisende bikini-lywe radieer erotiese sensasies uit alle rigtings. Grab a granny. Vanishing acts. Sorry mam!!! Tuinwoonstelle, babelas en gebreekte beloftes. Sien jou môre. Kreefkelkies in Doringbaai. Rum en Coca Cola.

Op en af oor Polly Shorts. Driekampe in Nice en Toronto. Besigtigingstoere; Brindisi, Palermo en Rome. Die pous dra 'n rok en sit agterop 'n koeëlvaste lorrie. Hy waai vir die christelike wêreld. Drie maande op 'n Griekse eiland. 'n Macedoniese meisie verslaaf aan die son, liefde en Sambuca. Oë soos die blougroen Egeïese see in die ooste. Glimlaggies ontbloot skitterwit ivoor tussen sagte lippe. Die kognitiewe gestreel deur die afwesigheid van lappies oor die lyf. Borsies van koper en driehoekies van goud. Die manifestasie van Lada, Slawiese godin. Taal van liefde vlot op die tong. Dobar den. Goeie dag. Kako si? Hoe gaan?? Te cakam. Ek is lief vir jou.! Zbogum ljubov moja. Zbogum. Tot siens my lief. Tot siens.

Across the tarmac and up the stairs. Solo. Lost and broken in the fuselage of Olympic Air. My heart in a mess.

Die epiese Spitskoppe in die Namib. 'n Tent op die woestyn se sand. Hoog in die hemel trek die arende sirkels teen die blou. Sterre soos diamante teken Skattie se naam teen 'n agtergrond van swart. Lucy in the sky with diamonds. Lipstiffie en 'n gladde tong, aromaties en prikkelend. Forever gentle on my mind. Die bekommerde gesig van 'n toekomstige skoonma tot die mag tien. Tot die dood ons skei. 'n Kapelletjie van klip en liefde onder treurende wilgerbome. Anomalie par excellence. I do, I do, I do. Winterlakens met prentjies van Cupido wat sy pyle deur ons harte skiet. 'n Kraamsaal in Observatory. Bloed op die vloer en 'n ekstensie van myself in die arms van 'n verpletterde moeder.

'n Nag in 'n Suid-Londense hotel. Eensaam en alleen. Room service. Toast and tea for one from a dirty kitchen. Dubbel brandewyne met water uit 'n raserige kroeg. Hippokrates se nektar en Bacchus se verwerkte sap, morfien vir 'n deurgebreekte hart. A la Uys Krige; die lewe is alleen draaglik as 'n mens 'n bietjie dronk is.

Wie gaan weer die liefde in my are blaas? Die trane oor my wange met 'n sagte doekie droog? The constant regret. I will never find another you. Speaking to myself, hoping to soften the self inflicting pain. I didn't take her for my bride. Ek sit my hand op haar been. Ruik die laventel op haar sagte vel. Maar sy is weg. Geklee in die arms van 'n nuwe liefde. Iewers op 'n wipplank met kleinkinders in 'n stad ver oor die waters. The scorn of a woman extended over continents. Miljoene pennies in Rome se Trevi vir 'n futiele wens. Met die permissie van Bette Milder; love is like a razer; it leaves your soul to bleed.

In die nagte as die branders Afrika bestorm, dink ek aan jou. As ek in die oggend wakker word met die Atlanties as portret dink ek aan jou. As ek spore op die strand van Lambertsbaai trap, dink ek aan jou. Hoor jou stem in die branders wat op die sand tussen die vygies inrol.

Die mantra deur my lippe nie aan 'n fiktiewe godheid nie, maar aan die wat my pad oor die jare gekruis het. As ek maar waarde tot jou lewe gevoeg het soos jy tot myne. As my mantra tref is ek tevrede, indien nie, is ek jammer.

I am at peace with mortality.
On the wings of a snow white dove.
You will never walk alone.
Save the last dance for me.

Dodedanser

Die ontydige klop. Buite staan die doodshoof. Gebitte sonder lippe en 'n kruis agter 'n skedel met gate waar die oë was. Dodedanser met 'n boodskap sonder stem. Die dood!! Deur soveel die afgelope tyd ervaar; die universele pyn van die dood. 'n Leeftyd van jarelange idilliese samesyn ineens verby. Die liefde van my lewe weggevat deur 'n God wie se gebooie getrou nagekom word. 'n God van liefde verantwoordelik vir die gat in my hart! Die virus het jou kom vat. Weg!! Helder oordag die gate van jou lyf binnegedring. In die nanag vir jou kom haal. Toe sit hulle jou in 'n ligte geelhoutkis met silwer ringe, om nooit weer terug te kom nie. Weg!!!

Jeremia se treurlied alom. In die valleie van die Sederberge. Op die sand van Lambertsbaai se strand. Elke kamer van my hart en waar ek ookal met my voete trap. Tot in die verre gisters toe die liefde wakkergemaak was - in die skadu van die eeue oue Pieke, die maanlig deur die wolke, op die sagte matras van Vergenoeg se gras.

Die voortvarendheid van Eros en Aphrodite. Hartstog en oopmond!!! Hartseer is vir eendag, verdriet ver in die verskiet. Die kwesbaarheid van die erotiese, soos 'n vetkers in die wind, bloot nog van toepassing op verliefdes in verre lande.

Hoe lyk geluk, wou sy weet?

Dis jy my meisiekind. Van daardie eerste oomblik my liewe vrou; pikswart mini, goudgeel bikini en stywe denims. In die arms van engele het ons geloop. Jou gesig agter 'n sluier voor 'n kansel met donker hout uit Knysna se bosse. Die lewe speel sy lied; kaviaar en sjampanje en spierwit lakens op 'n verebed!!! Groei die liefde in ons harte soos lemoenbloeisels langs die Olifantsrivier. Die koelte van jou vingers en die warmte van jou hart die aromatiese gom wat my bedwelm. Kruis en dwars deur die land; die sanger se vaal ou Karooland, die Maskam se skurwe kop, deur die suide van Suidwes tot by 'n tent onder die Spitskoppe aan die Namib se rand. Die maanlig en die vaak op ons velle -net ons in die ganse kosmos. Die geur van jou sweet soos Hooglied se tuin van granate en saffraan.

Maar wie kon my my voorberei op die teenkant van kaviaar en sjampanje? Die bloeisels om jou nek het verstrooi. Ligjare vroeg!! Weg!! Soos kaf in wind na 'n heilige land waar mense op water loop, gerubs onder palms die broodjies en die vissies op tafels sit wyl serafsvingers liere en luite se snare lewe gee.

Saans maak ek my oë toe en bid dis illusies wat kasty. Maar God kyk ander pad. My gebede slaan teen die wolke vas. My brein 'n wrak vasgevang in die holte van my skedel wyl die stilte in my ore galm. Herinnering op herinnering!! Ek wil die tyd terugdraai maar tyd loop vorentoe. En vorentoe is vir drome. Dis die onthou wat agter lê. En onthou is herinneringe en herinneringe maak seer. Jou hare lank en glansend oor die skouers, mooi gelyk gesny. My witkopnooi, vir altyd in die kamers van my hart. Jou blonde hare trek 'n horisontale lyn agter jou rug. Jou oë mistig blou, glasig en weerloos. Jou lippe keurig ligrooi. Net vir jou, het jy vir my gesê, jou asem, warm in my nek.

Ek mis jou!! Ek mis ons alles. Ons koffiebekers. Ons wynglase. Ons sagte handdoeke. Die winterlakens waar duiwe op neste die romantiek vir ons gevange hou. Jou oë wat sterre baar as die vlamme van braaivleisvure teen die mure dans. Die knetterende vuur ons tamboer vir die seewind se treurige wysie wat om die hoeke huil, die klanke van jou sagte stem die lirieke teen die wande van my hart se kamers gegraveer. Kyk ons na die sterre in mekaar se oë. Drome om aan vas te hou vir eendag as ons oud is of vir wie agterbly as die ander hemel toe. Jou ligte gesnork die wysie vir my pad na droomland. Onbewus van die wrede pad van liefde oor eeue heen uitgetrap.

Bloeisels verdor en blomme vergaan, Gras verstrooi en lewens vergaan.

En derduisende, ligjare te vroeg. Onverstaanbaar! Onverklaarbaar! Onvoorsienbaar! Weg!! Soos per my moeder se woorde. Soos kaf in wind my kind, na 'n land aan die voetebank van God. Saans kom die dassies een vir een grootoog uit hul grotte en spel jou naam aan die hemeltrans. Teken jou in stywe denims, ivoor T -hempie en sandale met goue bandjies om dun enkeltjies. En ver agter die Suiderkruis aan die hemel se rand loop jy op die strand. Jou lyf vol suntan lotion en jou voete vol sand. En nog verder kom jy oor die Melkweg, jou gesig agter 'n sluier verberg. Al wat oorbly is verlange, vrae en versugtinge. Hoe gaan ek asemhaal sonder jou? Saans die ligte doof? Soggens die gang afloop? Soos Bette Milder vir ons sing: Love is like a razor it leaves your soul to bleed.

As ek jou maar in die kamers van my hart kon grendel, soos 'n slaaf aan kettings kerker of vasmaak aan die koperstyl van ons liefdesbed met die gehekelde Cupido's wat sy pyle deur ons harte skiet. As ek maar die pyn kan stil soos melk die hongerte van 'n dorstige suigeling. Maar die bottel bly versaak. Soggens kom jou gesig saam met die daeraad oor die kimme. Saans waai jy vir my uit die roesemoes as die son in die water verdrink, die maan die hemel verlig en die see versilwer. Dieselfde geelwit maan se rondekop wat jy vir ons ondermaanse lewenspad daar gehang het.

En nou vandag, Engel, alles bloot 'n romantiese euforiese illusie van alle werklikheid ontneem asof jy nooit bestaan het nie. Soms voel ek jou hand op my been. Dan gaan haal ek jou, monteer jou stukkie vir stukkie uit die skerwe van nostalgie en sit jou langs my sit, as verweer teen die seer.

Dear Johnny

Die sewentigs. Die gevaar kom – oor die Kunene. Oor die Oranje. Tot in ons pragtige land. Upington en Port Nolloth gaan eerste val. Maar pasop vir die boer en sy roer, hy moer.

Ek kry my oproepinstruksies. Ek sê eers twee dae later vir Ma. Marita lawe die ganse nag. Drie weke later ry ons Kasteel toe want Boetie gaan Border toe. Pa se oë is waterig. Ma snik hardop. Marita soen my oopmond en huil in Chinees. Haar afskeidswoorde die perfekte slot van 'n besondere liefdesverhaal. In my hart is jy gegrendel. Ek vee die traantjies van haar wange en loop deur die hekke van die eertydse tronk. Die gelukkigste ingekerkerde, veilig in die kamers van my geliefde se hart.

Niemand ken ons finale bestemming nie, maar weet dis diep Afrika in. Die ligpunt aan die suidpunt van die donker kontinent moet verdedig word. Daar sit ons toe die aand in een van die Kasteel se klipkamers. Fearless men who who jump and die. Voorbereiding en verheerliking vir ons lydensweg in 'n ander land. Ons kry outomatiese gewere, want PW sê daar is nie tyd vir laai nie. Van mens na marionet. Die poppemeester is 'n pankop tweestreep-hanswors. Ek wil deur die venster kyk of Ma nog in die kar sit, maar is bang Korporaal skiet my. Sersant-majoor is volgende. Hy dra 'n boepens, kortbroek en skewe beret. 'n Welige hangsnor vorm die basis vir 'n brandewynneus. Elke tweede word is 'n byvoeglike naamwoord gevolg deur 'n vloekwoord voor 'n naamwoord.

Mamma se arme fokken seuntjies!! En nog 'n spul obseniteite wat vir Adolf Hitler op steroïed tot Humpty Dumpty reduseer. Ek wil hol maar Korporaal staan in die deur met sy outomatiese geweer. Die kapelaan is volgende. Vir die vlam van die Christelike beskawing, vir die Man met die magiese hande wat die vissies vermeerder en vir ons almal aan die houtkruis gesterwe het. Vir ons lei na 'n verre land met 'n nuwe Jordaan. Na water waar rus is.

Daar sit ons toe in die middel van die beskawing en praat met fluisterstemme, want dis oorlog. Buite die klipmure is mense min gepla. Oorkant die pad dans die mense in night clubs, koop bangers en mash en drink dubbels. 'n Paar aangeklamde Japannese slaan vuis oor 'n lelike vrou in denims met 'n rooi pruik. Toe die pruik op die grond beland, sien die Japannese dis 'n man, omhels mekaar en gaan soek iemand wat bra dra. Die ganse buitewêreld salig onbewus van ons skerpskutters se trauma.

Eers laatnag raak ons aan die slaap. 'n Skril sirene jaag ons vyfuur op. Na ontbyt van bacon (koud), eiers (blou) en koffie (flou), marsjeer ons stasie toe. Ontneem van die trekpleisters van die lewe; ruk en rol, mini's en die blou dam se branders, stoom ons deur die Boland. Net na die middag swaai ons noordwaarts, klik-klak deur ons vaal ou Karooland en nog later deur Windhoek en Grootfontein tot by Oshivello, ons opleidingskamp.

Oshivello is een enorme verlate vlakte oortrek met derduisende tente. Dis so warm die hond jag die kat maar altwee loop. Ons steek strooipoppe met bajonette, gooi handgranate, plant landmyne en leopard crawl deur stof en sand. Welke persepsie van Grensdiens as bloot riskante vermaak verdwyn soos mis voor die son.

Toe die Generale Staf tevrede is ons steek vir doodsteek, marsjeer ons lughawe toe. Die Flossies staan in rye op die aanloopbaan. Ons beskou die landskap onder ons; oënskynlik vredevol en van alle vyandigheid ontneem. Ver benede kronkel die Zambezi se silwer lyn deur die bosse van die donker kontinent.

Ons land op Mapacha. Vandaar op Bedfords na die oewers van die magtige rivier. Op die oorkantse oewer sit die vyand en kyk vir ons met verkykers of ons vir hulle met verkykers kyk. Huisvesting laat veel te wense oor. Middag-etes gelukkig twee-gang. 'n Skottel rys en skeppie vleis. Saans drink ons rum en kots .

Ons onderneem eindelose patrollies, kruis en dwars oor die veld. As die son agter die horison gaan slaap, lê ons onder die sterrehemel en soek 'n swartkop of blondine agter die Melkweg.

Ek verlang. Ma se roast. Marita se boesem.

Vêraf knalle ruk ons pal orent. Die dood is alom teenwoordig. Die boodskap is simplisties. Reg of weg!!! Julle of hulle!!! En van beide was daar baie. Pieter was die eerste van julle. Weg!! Weg in 'n plastieksak met 'n blink zip na 'n gat in die grond en 'n ma wat tot die dag van haar dood nooit sal verstaan nie. Sy voet verkeerd neergesit; vir ons land en leiers. Vername manne in gemakstoele met DSTV (drankies, sooibrandpilletjies, tweede vrou en Viagra).

En Arrie; roerloos in die vaal gras, die half geslote ooglede toe oor gister se helderblou. Sy strot deur skrapnel uitgeruk. Die eens sprankelende manmoedige liggaam en siel vermink. Soos 'n geknakte riet in die noorde van ons land se sand. Met 'n tatoe van die Here onder bloedbevlekte klere. Huis toe in 'n koel trok met 'n naamkaartjie aan 'n wit toutjie.

Ons word weekliks betaal, kompensasie vir doodmaak; silwermunte en baie koper. Posparade is die gewildste sosiale attraksie van die week. My baby she wrote me a letter!!! Die koevert is pienk en ruik na parfuum; you're the fire. Die woorde sing in jou ore. I'll wait for you, no matter how long it takes, I will wait for you, please believe me.

Maar sommige meisies hou nie woord nie. No matter how long it takes, word te lank. You're the fire; geblus om nooit weer te brand nie. Rambo word Dear Johnny want Skattie verkeer nou in die arms van 'n bobbejaan wat nie tussen 'n pynappel en handgranaat kan onderskei nie. Dear Johnny, I am so sorry, so very very sorry. This wasn't meant to happen! Stay safe.

Uiteindelik breek die dag aan. Die balsakke word gepak. Huis toe! In Bedfords lughawe toe. Die vliegtuie staan in gelid. Ons styg op. Die bloute van die hemel in. Oor ver verlate vlaktes waar die kranse antwoord gee. Die land van ons vadere. Die republiek van Suid- Afrika.

Ons dank aan Captain Morgan. Vir moed, dapperheid en onverskrokkenheid. Salueer jou vir die bravado deur die are, maar diep onder die Afrika-grond, die somber getuies van Bacchus se moed. Skedels en skelette. En hoog in die takke, in die skadu van die lower hang die soeweniertjies; oortjies, twaksakkies en Fidel Castro se gevreet op vuil pamfletjies.

Ons eer jou Kaptein; vir die verlange deur jou slukke weggevat, vir die bang in die greep van jou aanslag gedood. Vir die sus van gewetens in die nag.

Maar vergeet kan ek nie vergeet. Liewe God, Marita, in my visier duik hy op. As dit maar 'n apie was? As dit maar 'n apie was?

Marita wag vir my toe ek van die vliegtuig afklim. My hart sit op loop. Die bloed bruis deur die organe van my lyf. Ek loop haar tromp-op. My wang kry 'n piksoentjie. Sy kyk by my verby. Waarnatoe vra ek en wag vir Edblo Fantasy maar Spur wen. My oë bly op haar. My alles. My engel. My eks. Sy dra 'n geel mini wat twee duim te kort is. Die rooi toppie sit styf aan die lyfie. Die beentjies is bruin en dun. Delikaat die voetjies in goue sandaaltjies. Ek voel die paraatheid in my lende en hoes die lastigheid uit my keel.

Marita vleg deur die verkeer sonder om vir landmyne bang te wees. Ons stop voor Spur, maar my eetlus is iewers tussen Rundu en Katima Mulilo. Marita bestel poeding. Chico the Clown!! My gunsteling toe ek tien was. Chico se lyf is roomys, die kop sjokolade. Marita druk haar vinger deur die ding se kop en lek haar vingers. Die army se blou vitrioel is 'n onbetwiste mite. Ek hou my oë op die harlekyn en bestel wyn. Haar interaksie met die koplose hanswors verg al haar aandag. Haar oë bly op die verminkte Chico en besef ek het die veldslag verloor. My finale poging. Ek sit my hand op die vingertjies wat nie met Chico besig is nie. Die wysvinger roer so effe en ek voel die doodskoot tussen my oë.

I can see it in your eyes. Feel it in my body. Vir altyd was te lank. Die ingekerkerde is vry. Deur die vonnis-oplegger losgelaat. Die veilige en sagte hartkamers tot vergetelheid verdoem.

Ma omhels my toe ek later die gang sonder my hart afloop.

Pa is trots op sy seun, bel vir Ouma en sê Boetie is tuis.

Diep in die nanag skrik ek wakker en sit my hand waar my hart moes wees.

By die Kruis

In die kerkhof buite Lambertsbaai het hulle vir Ma begrawe. Soos deur God beskik. Haar aardse taak voltooi. 'n Pêrel vir Jesus se kroon, het Dominee gesê en vir my die mandjie roosblare gehou.

Toe onder die grond. Stof tot stof. Een hopie sand, die totale vergestalting van Ma se bestaan; die finale band met weleer se heerlike samesyn. Die mense was al weg toe sit ek nog met die aanslag van die windjie se treurige lied in my ore. Wag vir die son om agter die heuwels weg te val. Vir die sterre aan die hemeltrans, die voetebank van God soos Ma gesê het. Maar die wolkebank het die sterre gekeer, dit was net die maan se gloed, sporadies tussen die wolke deur, die alarmkrete van 'n korhaan wat skrik en die skree van honger jakkalse, skril en pleitend soos mense. Toe die wolke wyk en die sterreprag ontbloot, staan ek op, kyk vir die Suiderkruis en loop huis toe.

In die kamer het ek Ma se hospitaalsak van die vloer af opgetel en die ritssluiter oopgetrek. Ma se Bybel was bo. Daar was twee foto's in die Bybel. Een van my op 'n driewiel en een van Ma op die grasperk voor die Studentekerk op Stellenbosch. Voor in die Bybel het Ma geskryf: As Hy weer kom, kom haal Hy Sy pêrels, fraaie pêrels vir Jesus se kroon. En God as ek weg is, kyk na my kinders, asseblief God.

Ek het lank na Ma se handskrif gekyk en my vingers oor die woorde getrek. Was ek maar 'n erfgenaam van haar geloof? Baie keer, soms ook in my geestesoog, loop ek terug op Ma se spore. In die skaduwee van die Maskam. Op die walle van die Olifantsrivier. Deur die strate van Stellenbosch. Verby plekke waar sy loseer het. Weleer se meisie, in die greep van die jeug met haar Matie-bloed soos die Eersterivier in vloed. Haar geloof in die ewige lewe bruisend en onstuitbaar deel van haar lewe.

In die klowe van die Sederberge gaan soek ek berusting, vroegaande in die koelte van die skemer met die soet van die veld in my neus.

Wat behoort nie alles tot gister nie? Weg is die jeug, die ewige jeug met sy dikvellige voortvarendheid; verslind deur plooie, die wrede pad van totsiens, romanse en liefdes my verlaat. Ek hou my oë op die sakkende son teen die westelike uitspansel. 'n Omvangryke lappieskombers voor dit vir 'n oomblik op die horison rus vir sy onontbeerlike reis na ander wêrelddele. Pragtige aande en stille nagte met die maankop wat die sterre verdoof. Die naggeluide in my ore; die lied van die veld, kiewiete wat teen die rante raas, roepende dunbeen-kelkiewyne en die gekerm van 'n honger dier.

Dan kyk ek op na die sterreprag, soek die Suiderkruis, dink aan alles wat verby is en wat nog kom. Gister se hartseer. Môre se onbekende. En die herkoms van die mens? Sy boosheid. Sy goedheid? Die ongenaakbare voorskrifte om te glo, onvoorwaardelik soos Ma in dit wat deur Goddelike ingryping deur mensehande op papier gesit is. Te glo in die liefde en genade van 'n kollektiewe barmhartige Eenheid waarvan die tekens op hierdie aardse reis al hoe minder word. Bybelse verhale van Jona en die walvis, water wat wyn word en verlamdes wat krukke weggooi, verskraal tot legendes en mites in my kop.

En die mense wat derduisende jare gelede hier in die berge rondgeloop het? Sonder kettings. Sonder God. Sonder gebod. Tekens alom sigbaar. Pennevrug van oker en klei en veer op klip. Primitiewe liberators en kunstenaars van ons veld eeue voor Da Vinci sy Mona Lisa op doek verewig het. Transport-aktes teen klip en rots, primitiewe simbole om wat hulle s'n is, vir nageslagte te verseker. Veld-advokate sonder dubbele agendas, sonder rekenings, pro Deo vir die mense van sy veld. Oeroue sketse van olifante en wilde honde lank voor die geboorte van die man met die baard, sagte stem en belofte van 'n ewige lewe vir almal wat reg doen. Watter geheime hou die sterre gevange? Het hierdie mense se lewe enigsins met God s'n gekruis of is hulle geestelik infantiel die ewigheid in?

Ma se stem is sag in my ore: Glo net, jy hoef nie alles te rasionaliseer nie, God se oordeel grens aan die mistieke, nie een siel sal Hy verlore laat gaan nie. Was ek maar 'n erfgenaam van haar geloof?

Soms sit ek tot die naguiltjies in die bome spokerig kerm as die sterre bo die oostelike rante verflou, maar soms ook dwarsdeur die nag tot die son sy halfsirkel voltooi het en soos 'n veldbrand agter die oostelike rante aangestorm kom. In vervoering oor die panorama wat voor my oë afspeel, 'n roesrooi vlammesee in die strale van die opkomende son. Net ek en die geboorte van 'n nuwe dag. 'n Nuwe dag wat die vrees vervang met hoop, die sombere gedemptheid met blymoedig. En later as die ooste windjie teen die koppie uitklim en teen my vas waai, weet ek dis God se wind. Die God van Ma se wind.

Gila Leah

Sy het altyd voor in die klas gesit, maar nooit geweet dis oor my nie. Ek onthou die oë, donker en glasig. En die lied? Nooit geweet dis vir my nie. Gila does Joan Baez. Gila does Bob Dylan.

Gila! Kampvegter vir die verdrukte en minderbevoorregte. En toe hoor ek dit weer, laat een aand op 'n sypaadjie in Kloofstraat. Die stem helder deur die vensters, onmiskenbaar sy. Please come to Boston. Ek loop binne. Gila staan op die verhoog. Die lig skyn op haar gesig. Ek sien die sweet op haar voorkop, die oë geslote.

Laat ek begin toe ek die dag die matriekklas binneloop. My eerste pos na vier jaar op Stellenbosch. 'n See van gesigte staar my aan. Ek is een-en-twintig. Die seuns is amper manne. Die meisies is mooi. My lippe kom nie van mekaar nie. Ek verlang my vakansie. Lambertsbaai se kreefwaters. Die stiltes van die Sederberge. Ek wikkel my neus vir gevoel. Die meisie reg onder my neus is 'n donkerkop weergawe van die skamel geklede Ursula Andress teen die muur van my koshuiskamer of Undress soos per Kammie se versugting as hy van Tollies afgekom het. Gelukkig dra sy 'n baadjie en van daai swart Antjie Somerkouse. Ek voel my wange verkleur en weet dis tyd om my bek oop te maak.

Môre, klas, sê ek met 'n stem wat nog nie gebreek het nie.

Môre, Meneer, koer hulle die resitasie en kyk vir my asof ek hulle inkleurboeke vergeet het.

Ek kyk weer vir Ursula en wil nie Meneer wees nie. Na 'n paar hoesslae breek my stem en hakkel dit uit. Ek vertrou ek sal 'n goeie onderwyser wees.

Daarna gee ek vir elkeen 'n spreekbeurt. Ursula praat laaste. Haar naam is Gila Leah. Gila speel kitaar en sing. Behalwe die kleur van Gila se oë onthou ek nie veel van my eerste klas nie.

Dankie vir pouse. Ek stap die personeelkamer binne en bestorm die teekan. Die hoof stel die nuwe naaldwerk onderwyseres bekend. Haar naam is Candice. Candice rook 'n dun sigaret. Sy dra 'n mini wat te kort is. Toe Candice sit, raak die mini korter. Candice vou die een Twiggy-beentjie oor die ander en die mini raak korter. Ek hou my asem op vir nog 'n beweging, maar Candice roer nie, want die lap is op. Almal kyk, die hoof ook.

Wat 'n jaar was dit nie? Op Landsdienskampe en sporttoere luister ek na Gila se kitaar onder die sterre. Op atletiekbyeenkomste help ek met spiesgooi en ander items.

Please come to Boston. Gila does Joan Baez. Gila does Bob Dylan. Gila does everyone dealing with the oppressed, the lonely, and the needy. Gila se ma, Sarai, was tydens die Tweede Wêreldoorlog in 'n Duitse konsentrasiekamp en lê die grondslag vir haar lirieke wat die sosiale en maatskaplike ongelykhede na vore bring.

Oor die roeping in haar lewe twyfel Gila nie. Met my musiek sal ek my boodskap uitdra. Van liefde, geregtigheid en verdraagsaamheid op die straathoeke sing.

Na matriek het Gila Saterdagoggende op Groentemarkplein met 'n blom in die kop Johannes Kerkorrel se liedjies gesing.

en in die skemer
as die son sak en die
beeste huis toe loop
klink die roepstem van die vroue
oor die heuwels van die land
halala, ewig is ons Afrika

Saans speel sy in een van Kloofstraat se kantiene. Dis waar ek haar die Saterdagaand raakloop.

En wat maak Meneer hier? borrel dit spottend toe sy kom groet en wyn bestel.

Net vir jou kom luister, Gila, jou stem verlang.

Op my, skop sy vas toe ek vir die drankies wil betaal en gaan saggies voort. My liedere is nog dieselfde, maar dinge verander, dinge gaan regkom, te lank is die mense al verkneg, genoeg is genoeg, jy sien mos hoe loop die mense deur die strate, one big united democratic front.

En jy, loop jy ook? vra ek.

Met my baniere en emosies, bevestig sy my vermoede en plaas haar hand op my arm.

Met baniere en die gat in my hart, sê sy sag.

Ek merk die mistigheid in haar oë.

Ek verstaan nie en sê, kom weer.

Weet jy hoeveel I love you echoes ek deur die jare vir jou gestuur het bieg sy onbeskaamd, amper filosofies, op talle verhoë deur oop vensters die soel naglug in, nooit het jy gehoor nie, want nooit het jy geantwoord nie. Ek val amper van my stoel af en wil iets sê, maar sy druk haar wysvinger teen my lippe, ledig haar glas en gaan neem haar plek agter die mikrofoon in. Ek weet wat kom, ek ken die lied, onthou die passie waarmee sy dit altyd gesing het, asof in gebed. Nooit besef dis vir my nie.

Please come to Boston
me staying' here with some friends
and they've got lotsa room.

Die bekentenis het my onkant gevang en my die nag slapeloos laat rondrol terwyl ek terugdink aan ons laaste Landsdiens-kamp onder die sterre in die Sederberge. Gila het die aand by my teen die vuur kom sit.

Ek kan nie slaap nie, het sy gesê en na die kole gestaar. Dit was net ons, die krieke, die kiewiete en die sterre aan die hemeltrans. Haar oë was twee donker poele. Die blink op haar wange nat in die vuur se gloed. Ek wou die sagte agterkant van haar nek streel, maar geweet my didaktiese beginsels sou tweede kom.

Die Woensdag nadat haar bekentenis in Kloofstraat die wind uit my seile geneem het, sal my vir ewig bybly. Die koerante was vol daarvan.

Gila Leah. Dood.
Gila Leah. Jodin. Filantroop. Dogter. Blommekind. Dood. Sonder dat ek ooit weer met haar gepraat het.

And Gila, how dearly I wanted to fill the hole in your heart. A chamber of my heart for ever not to heal.

Gila, geklap en geskop deur die wat sy wou voed, gestenig deur die wat sy wou klee, wie se las sy wou verlig. Sy het eers die trein gehaal en toe 'n taxi gevat. Toe per voet verder Sopkombuis toe soos 'n honderd keer vantevore. Toe loer die boytjies vir haar uit die skemer-bosse. Die boytjies met die lus in die lende, duiweltwak en bokswyn. Die wit goose, die setlaar met die donkerkop, die wit goose wat warm slaap as ons om die konka staan.

Ek het saam met Sarai gegaan toe hulle Gila se as gaan strooi. Net ek, Sarai en twee van Gila se vriendinne. Vroegoggend, in die Suidoos se woedende aanslag, ry ons Vlaeberg uit. Ons hou stil maar bly sit. Bang vir die finale afskeid. Die kissie is ons naelstring tot Gila se historiese bestaan, ons laaste tasbare verbintenis met haar menswees.

Ver op die einder maak Robben-eiland 'n donker kol op die blou van Tafelbaai. 'n Paar seevoëls kwê-kwê protesterend teen die Suidoos, en nog hoër teen die blou, agter die snelvallende misvlae, spoed die maan onverstoord op sy oeroue hemelbaan. Ons klim uit. Sarai het die houtkisse in haar hande. Die kepe op haar gesig en die getuite lippe soos iemand wat soengroet, sigbare getuies van 'n moederhart se smart. Ek lei haar die paadjie af tot waar die bossies digter staan. Sarai lig die dekseltjie, steek haar hande uit en hou die kissie voor haar soos iemand besig met 'n prehistoriese offergawe aan 'n mitiese god.

Die windvlae het die as tussen die bossies ingewaai.

Stof tot stof.

Weg.

Halala Afrika.

Please come to Boston.

Die Mooiste Bruid

Die man staan op die kerk se stoep, die instrumentale klanke van die orrel sag in sy ore. Die kerk is stampvol, die normale gewydheid ontbreek. Dit word vervang deur die opgewondenheid en fluisterende stemme in afwagting op die bruid se verskyning en die feesmaal wat wag. Onder in die pad sien hy die bruidskar tussen die bome nader. Blink en plat. Die linte wapper liggies op die enjinkap. Die motor ry die parkeerarea binne, stop onder die wilgers en jaag die duiwe tussen die takke uit.

Die meisie van sy drome waai vir hom deur die motorruit. En sy is syne. Wat 'n geseënde man? Die meisie met die seraf stem as sy in sy ore fluister. Syne Syne Syne!!! Niemand sal haar ooit van hom wegvat nie. Die dag het uiteindelik aangebreek. Hy het altyd geweet dit sou, vandat hy die eerste keer in daardie pragtige oë gekyk het. Dis nou al lank gelede maar die gesig bly hom by. Die oë mistig blou, weerloos en glasig. En die soet van haar asem op sy wange toe hy sy arms die heel eerste keer om haar vou. Vir altyd syne.

For better or for worse.

Dis windstil. Die son filter deur die wilger se takke. Hy voel die sweet op sy rug, rig sy oë hemelwaarts en trek sy hand deur sy hare. Hoog in die lug maak die duiwe sirkels teen die blou. Hy maak sy oë toe. Die kardeur gaan oop en weer toe. Hy maak sy oë oop. 'n

Engel sweef hom tegemoet die kerkpaadjie op, haar toekoms binne. 'n Engel in wit met blomme in die kop. 'n Sluier verberg die gesig. Die rok sleep traag agterna.

Hy voel die brand in sy oë en vee dit met sy vingers weg, vryf sy neus vir gevoel en hoes die lastigheid uit sy keel. Sy trap die trappies op en steek haar hand uit. Dis koel in syne. Sy lig die sluier. Haar oë is blinknat. 'n Effense laggie ontbloot die tande. Skitterwit en egalig.

Met 'n stem wat klink of dit nog moet breek, kry hy dit uit. My meisiekind. Sy sit haar lippe teen sy oor. Haar stem is sag, nouliks hoorbaar.

Dankie vir alles. Altyd lief vir Pa.

Pappie

Die kinders het vir Pappie ouetehuis toe gevat. Dis 'n lekker plekkie het die kinders vir Pappie gesê. Die kamertjie is maar klein maar ons sal Pappie se tafel voor die venstertjie sit dan kan Pappie sien hoe die karre onder in die strate ry. Die mense sê die kos lekker. Boerekos met baie vleis. En Sondae is daar melktert nes Mammie dit gemaak het. Lekker met vla, dit is mos Pappie se gunsteling. En Pappie kan net bel en ons is daar vir Pappie. Die kleinspan sal ook kom want hulle is so lief vir Pappie.

Voor die kateltjie in die hoek is 'n tafeltjie waarop Pappie sy bril en sy Bybeltjie kan sit as Pappie die ligte afsit. Daar is ook 'n glasie vir water en een vir Pappie se tande. Ons wil mos hê Pappie moet gerieflik wees. Veilig op engele vlerke die arms van Jesus die soete slaap binneval. En sien Pappie daardie knoppie, as Pappie iets nodig het dan druk Pappie net die knoppie.

Nou sit Pappie voor die venstertjie. Elke dag. Pappie kyk vir die karre in die pad. Pappie se voete is toegewikkel in sagte pantoffels want Pappie se voete moet warm bly. As Pappie nie vir die karre kyk nie dan staar Pappie na die portrette teen die muur. Kleinjan en Sussie van Sarie en Janman van Fanie. Teen die ander muur vlieg drie ornamentele ganse in 'n skewe lyn dak toe. Saans lê Pappie toegewikkel onder 'n donskombers want Pappie moenie koud slaap nie.

Dis net Pappie en die donkerte, die gedrup uit die toiletbak en Lelike Sannie langsaan se ewige geblêr uit haar transistortjie.

Sondag. Pappie sit voor die venstertjie. Al van vroegmôre af. Die hyser se deure onder in die gang verraai kort-kort iemand in aantog. Voetstappe, kinderlaggies en grootmensstemme. Pappie hou sy oë op die deur, maar die voete hou verby. Die hyserdeure kraak weer oop. Voete en stemmetjies. Pappie se oë bly op die deur maar die voete hou verby. Maar Pappie sit. Vandag is die dag. Pappie verjaar!

Die hyser gaan weer oop. Die voete kom nader en die deur gaan oop. Pappie sukkel orent maar val terug. Die verpleegster staan in die deur. Vir Pappie melktert gebring. Twee stukkies vandag vir Oompie, want die kinders het gebel en gesê hulle wil hê Pappie moet lekker verjaar.

Liefde is Blind

Die ou man wieg liggies in sy rocking chair. Die girts girts van die skarniere klink saggies uit die halfdonkerte op. Ver op die horison, aan die rand van die oseaan, spartel die rooikopson teen die watervloed.

As dit oplaas die stryd gewonne gee, kom die panorama tot volle uiting. Skakerings van pienk, rooi en nog van die reënboog se sagte kleure, 'n kleurvolle vêrgesig. 'n Skouspel van eteriese omvang deur die mitiese Athena se kunstige hande met pastelle en kwaste teen die westelike uitspansel gelaat. Die perfekte portret vir verliefdes. Die gom van samesyn, onthou hy die sagte klanke van haar stem.

'n Vista hom nie beskore, maar die ekstase in haar stem oor die vêrgesig, is voldoende. Hy voel-voel na die leë stoel en vrywe saggies oor die sagte materiaal van die armleuning, satynsag onder sy vingerpunte. Hy gee die stoel 'n drukkie. Vir 'n wyle girts-girts dit saam met syne.

Ek is nog so lief vir jou. I still love you so. Amabo te in perpetuum

'n Ritueel het hom reeds ontelbare kere afgespeel, liefdeswoorde ontelbare kere ge-uiter. Ek is nog so lief vir jou.

Hoe goed ken hy die aandster se wentelbaan aan die hemel se rand. Met die soet van haar asem vir hom uitgelê. Helder en flonkerend aan die hemeltrans my man, vir miljoene jare ongestoord op 'n eensame hemelse baan, hoor hy haar stem en voel die warm asem teen sy wang. Glashelder en sereen soos ons liefde vir mekaar, my man, skitterblink. Soos die trane in die man se sienlose oë. Skitterblink.

As die duiwe op hul neste koer weet hy die maan het die aandster se glans verjaag. Hy sukkel op, vee die trane in sy oë met die knoppe op die rugkant van sy hande weg, soek haar warm palm in syne, maar gee die stryd gewonne en loop kamer toe met leë hande. Agter die warm klanke van haar sagte stem soos sy hom geleer het as sy die dag weg is hemel toe. Op lank vergange seraf spore, die voeteval van liefde hom verlaat.

Hemel toe het sy gesê. Na haar Redder met die gate in die palms van Sy hande. Helende magiese hande wat die skille van jou oë vat, my man. Lê hy daar op weleer se liefdesbed. Vol nostalgie na ontelbare gisters se geure en gebeure. Sy vingers en sy palms oor die sagte lyne van haar gesig, die kontoere van haar lyf. Die onvergeetlike maar salige hitte van haar vel, ritmies en passievol. Die geur van laventel. Die smaak van sagte heuninglippe.

En die ondenkbare werklikheid wat nie wyk nie. Die reuk van klam grond onder die sipresse. Klam grond uit die gat wat haar gevat het om nooit weer sy aardse pad te kruis nie. In sy wese, die weemoedige lirieke gesement. En dominee se sagte stem. Die mooiste blom van ons weggevat. Op die vlerke van 'n sneeuwit duif na waar ons almal weer ontmoet.

When I am down and oh my soul, so weary

You raise me up, so I can stand on mountains

In die kloue van die nag lê hy op die koue katel. Die lied in sy ore. In afwagting op die voëls in die wilgers wat hom koggel as die son agter die oostelike einder aangerol kom. Vir nog 'n eensame donker smartvolle dag langs 'n leë stoel.

I wil never find another you! Ek is nog so lief vir jou. Amabo te in perpetuum.

Cul-de-sac

Sarie is moeg. Pootuit. Sy gaan sit in haar koffieplek, bestel koffie en wortelkoek en leun terug in die sagte stoel.

Halleluja, Sarie, bietjie normaliteit, soos 'n normale vrou in die Mall, praat sy met haarself. Sy betrag die mense en wonder of hulle ook met 'n kruis deur die lewe loop.

Ma het mos altyd gesê, elke huis het sy kruis, elke hart sy smart en elke kas sy geraamte. En dan bid Pa Sondae bo van die kansel af vir die huise se kruise, die harte se smarte en die spoke in die kaste. En dan sit sy daar onder Ma se blad en luister vir Pa, gelukkig en tevrede dat die kruise en smarte en spoke nie by húlle kom intrek het nie, maar die kruise het gekom, baie gouer as wat sy gedink het, tot binne-in die slaapkamer van die huis wat Daan vir hulle teen die heuwel laat bou het. En saam met die kruise, die smarte en die spoke.

Die koffie kom en sy voeg versoeter by en druk die vurkie deur die wortelkoek, nat en neuterig soos sy daarvan hou. Sarie hou haar oë op die vroue wat verbyloop. Tuisteskeppers sonder glimlagte en nie so jonk soos die gesigte geverf is nie, die lippies in reguit lyne en die voorkoppe gefrons soos iemand wat sukkel om van migraine ontslae te raak. Sommige se trollies is vol kruideniersware, ander loop met babas in die arms of kleuters wat skree vir roomys. Almal is haastig, want die kinders moet in die bed kom, die kos moet op die stoof en als moet reg, want Manlief is op pad terug van die werk af. Manlief het 'n moeilike dag agter die rug en hou van sy rus en vrede as hy by die huis kom. Manlief werk soos 'n slaaf om die pot wat sy vrou op die stoof sit aan die kook te hou. Manlief is nie so gelukkig om heeldag by die huis te sit en vir die kinders stokkielekkers te gee as hulle skree nie.

Sy wens sy kan dit uitbasuin.

Maak gou, dame, jou man is op pad, die kinders moet skoon, die kinders moet eet en Manlief het lus vir sy gunsteling gereg; braaiboud met aartappels en groen-boontjies. Maar nie gebliktes nie my vrou, lekker soos Ma dit maak, jy weet mos, Ma het jou nog laas gewys. En dame, as jy klaar is met die kinders, en die potte is op die stoof en die boud in die oond, dan moet jy vir jou aantreklik maak, want Manlief moenie sy lus vir jou verloor nie, daar is baie groen blare wat daarbuite in die straat rondloop. En dame, as jy klaar geëet het en jy die kinders in die bed gesit het, dan moet jy gaan bad, want jy moet lekker ruik as Manlief by jou op die bed kom lê. Al wat jy kan doen, dame, is vasbyt, want die getye is teen jou, laagwater en hoogwater en springgety. Die Bybel sê ook die man is hoof van die huis, en die regering klou vas aan 'n paternalistiese kultuur waar die man as die vrou se meerdere gesien word; tweedeklas burgers, objekte van genot. Lees die koerant, dame, kyk hoeveel vroue daagliks geminag word en dit sonder die onopgetekende gevalle van wat in die hutte en die heuwels van ons land gebeur.

Sy vat die laaste happie wortelkoek en stoot haar bordjie terug want sy moet huis toe gaan, want die hoof van die huis wil hoenderpastei hê. Lekker hoenderpastei vanaand, Sarie; lekker fyn uitgepluiste hoenderpastei met 'n skilferkors wat nie vetmaak nie, 'n boepens is mos nie vir my nie. En jy is self ook besig om bietjie te stoel, was sy afskeidswoorde die oggend.

Ja, Daan, met 'n kors sonder stysel, ons moenie stoel nie, het sy belowe. En lekker uitgepluis soos jy daarvan hou, het sy belowe

Toe Sarie by die huis kom, sit sy die hoendertjie op die stoof en gaan sit op die stoep in die plataanboom se skadu en wag vir die hoendertjie om lekker sag te kook sodat sy die hoendertjie lekker fyn kan uitpluis. Daan sê dis lewensbelangrik om die hoendertjie lekker uit te pluis, want een van sy sekretaresses het amper in haar chicken-and-mayo-sandwich verstik toe die kafee nie die hoendertjie lekker uitgepluis het nie. Daan sê daar is beter maniere om te dood as om aan 'n batteryhoendertjie te verstik wat nie lekker uitgepluis is nie. Toe die hoendertjie lekker uitgepluis is, rol sy die skilferkors op sy dunste uit, want hoe dunner, hoe minder kalorieë, is wat Daan dink. Daarna gooi sy die uitgepluiste hoendertjie in die oondbak saam met geblikte sampioene in plaas van vars ingevoerde uit die Duitse Swartwoud, want dis te duur en Daan het dit buitendien nog nooit agtergekom nie. Sy meng die uitgepluiste hoendertjie en die sampioene lekker deurmekaar en druk die verbryselde deeg mooi plat bo-oor die versplinterde hoendertjie. Toe bestryk sy die konkoksie met twee geklitste eiers in plaas van dinamiet en druk die hoendertjie in die oond en wens die hoendertjie skiet haar saam met die stoof dwarsdeur die kombuisdak die bloute in.

Happiness is orbiting the earth in an electric oven, covered in chicken pieces and tinned mushrooms, sê sy saggies vir haarself.

Sy gaan sit weer op die stoep tussen die jasmynranke en wag. Wag dat die lewe verbygaan en vir 'n hoender-pastei wat moet gaar, vir Manlief wat met sy fronsgesig by die deur gaan inkom.

Die hoenderpastei was lekker, maar bloot omdat sy honger was. Daan het lekker geëet en soos Jack Nicholson in One flew over the cuckoo's nest gegrynslag terwyl hy komplimente uitdeel oor die heerlike vars sampioene uit die Swartwoud en die skilferkors sonder kalorieë asof Gordon Ramsay dit gemaak het. Maar sy weet. Dis maar net deel van sy primitiewe voorspel, sy kinderagtige strategie om haar op sy woorde voor te berei.

Die werk maak my op. Sal weer moet kantoor toe.

Sy weet. Die vrou se naam is Tess. Sy het self die naam gesien. Tess. En die foto'tjie. Met haar eie oë op sy selfoon. 'n Mooi vrou met lang blonde hare en groot oorbelle, ringvormig, die een geel en die ander rooi. En toe konfronteer sy hom. En toe spat haar lewe uiteen. Sy harde stem toe hy haar met die sel betrap.

Met jou is ek klaar!!

Toe kom die finale diepste hou.

Met jou is ek klaar, met jou en jou barre lyf!!

Van daardie dag het hy nog nie weer 'n voet in haar kamer gesit nie en dis nou al drie maande wat sy daarmee saamlewe. Die liefde van haar lewe in die arms van 'n blondekopvrou met groot oorbelle. En nou kruip die man agter sy kantoor weg. Maar laat hy gaan. Sy dag sal kom. Ma het altyd gesê, wat jy saai, sal jy maai.

Toe Daan se kar straataf verdwyn, gaan spring sy onder die stort en vrywe die skuim van die stortjel liefderyk oor haar maag. 'n Effense glimlaggie versprei oor haar gelaat. Daan is reg. Sy is besig om te stoel, maar nie van skilferkors nie. En die hoendertjie het ook niks daarmee te make nie. Die lewetjie in haar buik is daarvoor verantwoordelik. Haar en Daan se lewetjie. Die lewetjie waarna hulle so gesmag het. Toe sy klaar is, gaan lê sy op haar bed. Die huis is doodstil. Weg is die voorafgaande maande se gelag en gekuier. Die heerlike samesyn van twee mense wat net die dood moes skei. Sy trek die geur van haar laventel in haar neus op om van Daan se ruik weg te kom.

Toe Daan se sleutel net voor middernag in die voordeur knars, lê sy nog oopoog in die donkerte en dink aan die dag van môre en haar besoek aan die ginekoloog wat haar al soveel jare bystaan. Sy moet seker maak alles is reg. Dis haar kind en niks moet verkeerd loop nie.

Ontbyt was weer soos die afgelope tyd. Grafstil. Met net sout en tamatiesous wat so dan en wan die stilstuipe verbreek. Toe Daan die deur agter hom toetrek, sit sy die skottelgoed in die opwasbak en hardloop die trappe op kamer toe. Sy trek een van haar ligte katoenrokkies aan, steeds nommerpas na soveel jare, die soom val tot op haar knieë en sy stryk die kreukels met haar hande uit. Sy gaan sit voor die spieël en probeer die kringe om haar oë met maskara verdoesel. Nadat sy haar lippe rooi gemaak het, staan sy op, beskou haarself in die spieël en knik instemmend.

Sy trek haar motor uit die garage, ry in die hoofstraat af en gaan parkeer voor die mediese sentrum. Die ginekoloog gaan bly wees. Daarvan is sy doodseker. Uiteindelik swanger!! Sy hoor al die lofsange, maar weet nie hoe sy dit gaan hanteer nie. Voor die spreekkamerdeur huiwer sy so effens, maar draai die deurknop en loop binne. Sy sien die vrou voor die toonbank in gesprek met die sekretaresse. Die vrou se blonde hare val oor haar skouers weg en maak 'n horisontale lyn, skerp in kontras met die swart van haar mini. Sy dra oorbelle. Ringvormige oorbelle. 'n Gele en 'n rooie.

Die sekretaresse se helder stem sny deur haar siel.

Baie geluk dame, ek hoop die kleinding bring vir julle net geluk!!"

Van Rhynsdorp

Laerskoollewe. Mei 1961. Van Rhynsdorp!! 'n Dorpie rustig skoon. In die skaduwee van die Maskam. Die klip-konstruksie is massief. Lang gange en harde banke. Die skoolhoof staan op die Verhoog. Sy stem dawer oor die saal.

Ons herkoms en ons taal! Onbreekbaar aan ons verbind. Vir ewig en altyd. Soos die arms aan ons lyf.

Ons oefen om patriotiese liedere onder die knie te kry. Die Stem en Die Vlaglied. Maar ook; as Hy weer kom, kom haal Hy sy pêrels. Vir ingeval, soos die Jood sê die Heiland voor die Republiek opdaag. Die skoolhoof se geteem oor 'n soewereine staat is Grieks. Hy vertel ons van 'n Zoeloekoning, vuil, swart en verraderlik. Hy spoeg die woord tussen sy lippe uit. Dingaan!!!! Nooi vir Piet Retief en sy manskappe uit vir bier maar sny hulle slukderms af. Soet was die vergelding. Bloedrivier!!

Ons hoor van oom Paul wat in die openbaar spoeg en in 'n koue land sterf. Van vrouens en kinders soos diere in kampe saamgehok. Van manne wat terugkeer na verskroeide landerye en dooie diere.

Christiaan De Wet jaag die Engelse op die Vrystaatse vlaktes rond. Generaal Koos De la Rey, die Leeu van die Wes-Transvaal skiet sy geweerloop aan die brand.

Vir ons herkoms en ons taal hoor ons weer. Die skoolhoof is op 'n roll. Jan Smuts en Louis Botha.

Judasse! Steek die Afrikaner in die rug. Dank Vader vir DF Malan, ons deur die Rooisee gelei. En Verwoerd, ons leidsman met die moed van 'n leeu. Sy haat vir Lord Kitchener is tasbaar. Lord Kitchener dawer sy stem en trek sy gesig of iets sleg ruik. Die duiwel se handlanger. Slagter van die Hoëveld.

Ons loop deur die strate en swaai vlaggies bo ons koppe. Oranje, blanje en blou.

Oom Hymie, die Jood wat vir ons vertel die Heiland is nie gebore nie staan op sy winkelstoep en skud sy kop. Langs hom staan 'n paar kaalvoet klonkies wat net so min as ek van die besigheid verstaan.

Terug in die saal sing ons weer. Die Vlaglied. Nooit hoef jou kinders se kinders te vra wat beteken jou vlag dan Suid-Afrika! Die skoolhoof kom die gangetjie af, blaf vir stilte en gee ons elkeen 'n Coke en 'n handdruk. Die personeel deel nikkerbols en glimlagte uit. Ons hoor dis bioscope en wag vir cowboys en crooks. Maar Lone Ranger en Tonto is in Hollywood.

Die projektor brom en gooi sy vaal beeld op die doek. Jan van Riebeeck klim van sy skippie af. 'n Verflenterde Harry die Strandloper sluip onderdanig nader. Harry gee vir Jan tien skape met vet sterte. Onse Jan druk sy hande in 'n goiingsak en gee vir Harry twee ou brode en jaag hom van die strand af want dis vir blankes. Die ligte gaan aan, maar die matinee is nog nie oor nie. Die projektor word weer gelaai. Die ligte gaan af. Paul Kruger sit in sy stoel, lewensmoeg, pluiskeil onvanpas op die verweerde gesig. Hy lig sy hand en waai vir die volk met 'n verweerde gesig. Koos De la Rey lyk 'n bietjie beter. Hy sit op 'n wit skimmel en vertel vir die mense die

Engelse het gewen!! 'n Verslane nasie, verpletter en verguis. Die trane rol uit versonke oë. Vrouens met koue voete en honger kinders kyk wanhopig wolke toe. Die ganse nasie opgeoffer, elke skoot futiel, alles verloren. Die Empaaier se vlag wapper oor die lengte en breedte van ons land. Elizabeth Eybers se Wes-Transvaal. MT Steyn se Vrystaatse vlaktes. Leipoldt se Hantam tot daar ver oor Charles Jacobie se ou Kalahari. Verlate en swart, die veelkleurige Union Jack, die enigste kleur op die verskroeide aarde. Die ligte gaan aan. Nog is dit einde niet. Die skoolhoof bliksem sy vuis op die tafel en bulder. Julle taal en julle herkoms!!

Nou die dag ry ek weer deur die dorpie. Die klipkonstruksie is kleiner. Die Jood is dood. Voor op sy winkelstoep staan 'n paar verflenterde kaalvoet klonkies.

Ek vee die water uit my oë ek kyk vir die Maskam.

Marta

Namakwalandse kind. Pragtige meisietjie. Die kroesies soos twee antennatjies op die koppie saamgevat, hardloop sy die strate vol. Na twee jaar in standerd sewe is sy moeg vir alfabetsomme, abakusse, penne en papiere. En of die Jakkalsrivier nou by Lambertsbaai of New York in die see loop, is vir haar om't ewe. Nee, Mammie, dis nie vir my nie.

Marta, lank en slank. Agtien jaar oud. Loslyf en mooi. 'n Wippie in die stap skommel die boude heen en weer. 'n Stywe toppie en spierwit denims kleef soos 'n tweede vel aan haar lyf.

Die onderhoof stel haar CV saam en pos dit saam met 'n foto Kaap toe. Die foto doen die ding. Mnr Jackson in die Kaap se woorde is musiek in haar ore. Die job is joune!! Sekretaresse! Ontvangsdame! Persoonlike assistant! Elke aand bewonder sy die titels van haar toekomstige sprokieswêreld.

Gimme a ticket for an aeroplane
ain't got time to take a fast train
lonely days are gone, I'm a-going ....

Marta slim, berg wil klim, in die wye wêreld in. Goodbye Mama, goodbye Papa. Off to the house of the rising sun. The ruin of many a poor girl. Nou toe Ma se kind, hou jou kniegies bymekaar, jou armpies voor jou borsie en luister vir tannie Pop en oompie Shorty. Ja, Mammie. En pasop vir Joe en pasop vir

Dicky. Hulle sal jou los as die liefde in jou oë lê en die baby in jou maag.

Twee dae later stoom die trein die Kaap binne. The sky is the limit, koer Marta. Tannie Pop ontvang haar met ope arms. Oompie Shorty se arms is nog oper toe hy vir Marta sien. Hy lek sy lippe soos 'n baba wat 'n paplepel gewaar, gryp 'n kan wyn en gooi die prop deur die venster.

Maar nou ja! Meneer Jackson had ander planne. Kantoordame realiseer nie. Hy koop vir Marta denims wat twee nommers te klein is, goedkoop parfuum en 'n blonde pruik. Bloedrooi lipstiffie voltooi die prentjie. As die son agter Seinheuwel verdwyn, vat hy die vietse lyfie en fraai gesiggie strate toe en wys waar sy moet staan. So bietjie uit die lig uit, Marta, nog so effe, ditsem. Sê vir die manne jouse naam is Queenie. Marta is vir vloere skrop en die honde se kak van die matte afvee. Queenie. Skemerkind. Lady under the lamp. Queen of hearts. Oraloor gelaventel. Roosolie en jasmyn. Jaag die prys op mos. Cash customers. Silver coins that jingle jangle. Your gateway to glory. En Queenie, moenie worry nie. Dit staan in baie boeke. Jy moet jou naaste liefhê soos jouself. Soet is die beloning. No regrets baby.

Long cool woman in black dress. But Queenie! Be careful. The devil's lurking in the dark. The devil will come for you. Lead you to the darkest corner on mother earth. En toe kom Satan. Die gevalle aartsengel in die vorm van 'n ryk Hollander wat perde speel. Thijs van Lusten. Na 'n paar nagtelike besoeke Seinheuwel op vat Thijs vir Queenie perderesies toe. Kenilworth, Milnerton en Durbanville. Met 'n bloedrooi hoepelromp, sandale met hoë hakkies en 'n toppie wat twee uitstaanpatroontjies aksentueer, trek sy meer aandag as die perde. 'n Rooi miniatuur cowboy hoedjie met 'n volstruisveer dra by tot die waarderende blikke in die oë van al wat man is.

Dis nie lank nie toe vat Thijs vir Queenie huis toe. Oor Constantia Nek Houtbaai toe. In die skaduwee van Die Sentinal wat oor die valleie waghou en sorg dat inwoners veilig deur die lewe loop. Maar die wagte het annerpad gekyk. Vir Queenie gruwelik in die steek gelaat.

Sawens gly Queenie op en af aan ge-oliede pale vir tydverdryf en gratis verblyf. Lady godiva. Kamergenoot. Batgirl; horizontal, vertical, upside down and every position humanly possible. Aviation tricks; loops and barrel rolls, applauded by a topless bar lady and infatuated guests around a yellow wood bar.

Nie lank nie toe gooi Queenie die kaaskop met 'n emmer yswater.

Thijsie, ek is so jammer, bitter jammer. Sorry Thijsie.

Ag Queenie, kom nou Queenie, wat's dit?

Die baby is al nine weeks!!

Die Kaaskop se gesig vertrek asof Amsterdam se dyke gebreek het en Den Haag onder water is.

Hy kry sy lippe vanmekaar. Spijten!! Spijten. Spijten se gat!

Godverdom!!! Aborteer. Abort abort!!! Abortus!!

Never, never, protesteer sy.

Maar Aborteer wen vir Never met twee-en-'n-halwe lengtes.

Die volgende oggend stop hulle voor 'n skakelhuisie huisie in Woodstock. Antie Gynie maak die deur oop. Sy jaag Queenie twee pille in en uiter 'n paar gerusstellende woorde. Relax meisie, dissie plastic surgery nie. Woepsie wapsie en jou bene is weer oepe!!

In die agtergrond bekla David Kramer die mense van Skipskop se lot. Pak op. Pak op. Sit jou goedjies op jou kop. Stukkies van my lewe lê deurmekaar. Tel op vir Shorty en vir Pop. Queenie vee die trane van haar wange af maar kry dit nie reg nie. Trane vir die bloedjie van haar mamma se bloed.

A beautiful woman from the wide blue yonder transformed to a graceless lady on a foam mattress in a smelly room of a dilapidated house.

Toe die maan deur die wolke vir hom loer, klop die kaaskop aan die deur. Antie Gynie maak oop. Sy dra 'n kamerjas en ruik na wyn. Die vetkers in haar hande maak somber patrone teen die mure van die gang.

Thijsie sprei sy arms vraend voor hom oop. Queenie??

Antie Gynie rig haar oë hemelwaarts maar antwoord nie. Die woorde kom skeef en krom en onverstaanbaar by haar mond uit. Hakkel-hakkel, soos 'n papegaai op 'n stokkie wat sukkel om vir Polly onder die knie te kry.

Antie Gynie probeer weer en slaag die toets. Haar stem is sag. Apologeties.

Weg, my seun, gone!!

Gone? Waarnatoe? Godsverdomme!

Soutrivier toe. Daar's baie dooies in Soutrivier.

In die Skadu van die Pieke

Oeroue Pieke, simbole van onverganklikheid en ewigheid, hemelhoë torings teen die oostelike kimme afgeëts. Deur die Somerson se kwaste, brons geverf. Blinknat as die wolke sy koue trane uit die hoogte huil. In die aanslag van die Suidooster se reinigende asem skoongewas maar onverstoord oor eeue heen.

Dis waar ons hoort. In die koelte van Die Pieke as die oggend-skaduwee die Eikestad beklee. In die soelte van die son se gaan-slaap-strale teen die hoë kranse. Matieland. Tuiste van ons harte. Heimat van siel en verstand.

Die geboorteplek van ons liefde, samesyn en drome. Basis van lag en speel. Fondasie van huil en smart.

Ambivalente emosies!!! Vertrapte ideale en salige herinneringe.

En was jy beautiful! Beautiful op Vergenoeg se gras. Onder 'n reuse eik op jou gehekelde kombers met vlieënde vlinders tussen varklelies. Die liggies aan die hemeltrans soos kerse wat brand. Jou oë wat sterre baar as die geelwit maan die nag versilwer.

Vir ewig sou dit duur. Deur die land, hand-aan-hand. Sy-aan-sy. Maar ons ewig 'n vlietende sekonde. Jou aardse lewensbaan, ineens verby. Die wond in my hart se kas; ongeneeslik soos kanker in die murg van 'n siek skelet.

Sonder jou palm in my hand, my voeteval op stofpaaie op 'n roete na nêrens. Herinneringe, hartseer en hoop; die steppingstones op die wrede pad van liefde my verlaat.

Op 'n enkelkatel in 'n koue kamer. Weleer se liefdesbed tot illusie verdoem. Voel ek nog my vingers oor die sagte lyne van jou gesig, die kontoere van jou lyf. Die hitte van jou vel, ritmies en passievol. Die geur van laventel. Die smaak van heuninglippe.

En die aaklige realiteit wat nie wyk. Die reuk van klam grond uit 'n donker gat onder sipresse. In my wese, die weemoedige lirieke gesement.

Didn't know today will be the last
That I have to say goodbye to you so fast

Dominee se sagte stem. Die mooiste blom gepluk. Op die vlerke van 'n sneeuwit duif die bloute in na geliefdes ons reeds vooruit.

Skryf ek vir jou kaartjies waar ek my mag bevind. In die ysige klowe van die Sederberge en stuur dit onder die naghemel die eter in. Net ek en die diere van die veld. Die roep van kelkiewyne, die hoo-hoo van 'n uil wat 'n maatjie soek en die geskree van 'n dier in nood. En net buite die vuur se kring 'n hond wat sirkel. 'n Groot swart hond wat blaf en huil. Koggel en treur. Snydende sieldodende tjanke eggo van die rotse af.

My dank aan die stofpad wat roep. Oor berge en oor dale. Die hond en ek. Op Lambertsbaai se strand skryf ek jou naam met my vingers op die sand, die seewind teen my vel en Poseidon se woedende water oor die vygies teen die duine. In die verte die Sishentrein se handeklap. Klik klak klik klak klik klak. Elke wiel 'n simbool van menslike glorie, maar guillotine vir flora en fauna. Madeliefie en gousblom. Skilpad en jakkals.

Die menslike glorie met sy Hippokratiese seges oor bykans elke skeet en gebrek. Maar die gebroke hart in die aanslag van Miseria se tweesnydende swaard vir ewig tot stukkende orgaan gereduseer, sonder enige hoop op genesing.

Maar jy, mag jy in die gloed van liefde danse dans, in gesprek met engele jou tyd verwyl tot ek weer jou hand in myne voel, die sensasie van liefde op 'n sagte kombers op die oewers van 'n nuwe Jordaan soos eens op Vergenoeg se gras. Die voortsetting van ons ondermaanse liefdes-wandeling wat so plotseling tot 'n einde gekom het.

Sommige dae maak ek dit omdat ek weet jy is veilig, ligjare ver, maar veilig. Die vertroostende woorde van my moeder se onwrikbare geloof in my wese geëts: Haar engel-spore nou op die paaie van hulle deur God verlos. Ver agter die konstellasies in 'n salige wêreld wat God met die bloed van sy Seun vir mense soos sy geskep het. Die Seun met die gate in Sy hande en sagte stem.

Maar diep in die nanag as die wind deur die dakplate huil, wens ek die haan wil kraai voor ek haar geloof verraai.

Sawens as die son sy rooigloed oor die velde slinger en Die Pieke verkleur, trek ek die kurk uit die bottel en maak jou glasie vol. Weleer se samesyn gekoester in elke slukkie wat ek na my lippe bring; in afwagting op die laaste sluk, want in die bodem van my glas kyk jou oë in die blink van myne vas.

Distrik Ses

Saliena het by ons gewerk in die vroeë sewentigs op Stellenbosch. Sy wou gaan kyk hoe lyk haar vandaan-kom-plek. Pa vat haar. Ek ry saam.

Sy klim uit en bekyk die wêreld. Onthou gister se dae. Wind op en heuwel op. Sukkel-sukkel teen moeder natuur se aanslag en die sweepslae van die parlement se manne.

Die onkruid staan kniehoogte op gister se strate, buig liggies voor die Suidoos wat van die berg afrol en donsagtig op ons velle kom sit. Tussen die grasse sien sy 'n aanduiding van 'n drievertrekkie-fondasietjie. Kombuisie waar Mammie oliebolle met stroop op die primus getoor het en twee slaapkamertjies. Die kleintjie vir die kênners se matrassies en die anner enetjie waar Pappie en Mammie mekaar gesmaak het.

Selina gaan sit op die grond. Vanmelewe se dae bestorm haar. Dag en nag se woelte. Die geur van weleer, soetgras, klam grond en die sout van die bergwind op haar tong.

Maar gister se gebruis is geblus; donkiekarre, vis-waentjies, roomyskarretjies, scootertjies en tweede-handse prams. Dikwiel bicycles met kopligte en klokkie-hooters. Op en af in die strate. Tennantstraat en Windsorstraat. Richmond en Primrose. Voor die huisies verby. Skakelhuisies met sinkdakkies en piepklein tuintjies. Gelukkige tuistes van gesinne wat van die wrede wêreld ontsnap. In 'n vyandige wêreld poog kop bo water hou. Die prediker op die hoek. Die Jirre het gemisjuts en ons gereduce tot second class citizens. Mammie in stad toe. Five and a half-day job. Lucky girl. Werk vir die tandarts se vrou teen Vlaeberg in die huis met die silwer krane en view oor die see tot ver anderkant Robbeneiland. Die char met die kopdoek. Mop en sweep. Bottlewasher en nanny. Girl of all trades. Bring oorskiet en skrywelekkers vir die kênners as hulle soet in die strate gespeel het. Pappie Wynberg toe vir die early shift. Goed met die troffel sit hy die bakstene opmekaar en pay Vrydae. Die kênners wag op die hoek, want Mammie is bang Pappie is dors. Sê mos die wyn in sy kop makie moenies en taboe's meerere bearable as hy huis toe loop. Keer ook dat hy die kat wil skop as hy by die huis kom. Kindertjies skree. Hondjies kef. Die Imam roep. En die vishoring raas nes die mishoring onner teen die water by die Roadhouse waar die high society masters hulle karre park en vir hulle gooste milkshakes en hamburgers deur die vensters bestel om hulle saf te maak vir Seinheuwel. Antie Lap met haar naaimasjiene op die voorstoepie. Contribution tot wat Pappie by die general dealer vir die tafel koop. Lekka lekka ywe. Snoek gesny in skywe. Patats en pampoen. As die sonnetjie lekker skyn, trek antie Lap die masjiene oppie sypaadjie en werk open air. Skirtjies vir Bokkiebella en grys kortbroekies met omgewerkte soompies vir Semmetjie as hy saam met Dedda kerk toe loop. Wasgoed drade wyd en syd behang met bybie kênners se nappies van lap. Hier en daar 'n two tone Datsun en 'n kewer sonder wiele. 'n Vyfde handse kombi met 'n gekraakte windscreen. Iewers op 'n stoepie ruk ek rol Elvis uit 'n seven single. Die buurvrou hang oor die onderdeur. Daar is trane in haar oë, want haar jongste sit in die Roelandstraat. Hy was rumoerig op straat toe gee die judge hom nege maande. Onder in die straat sit uncle Herbs met 'n jacket-baadjie aan sy lyf en fez op sy kop. Tussen blikkies, flessies en kardoesies. Hy verkoop Indian curry en allerande spices sommer oor die garden gate en kort nog dertig pond vir Mekka. Die kafeetjie op die hoek. Gemmerbier en snoek. Samoosas en koek. Die general dealer vir kerse en komberse. Dertig leë empties vir 'n amper halwe bottel wyn. En vir siele; moskees en kerke. Die dolle rumoer Saterdagoggende. In afwagting van jolyt as die son sy gesig in die water druk en die mense strate toe. Bioscope. Konserte. Kantiene. Lieberstein-en-zoljolle. Kompetisietjies. Venterliedjies. Skophokkie en blikkie-aspaai. Babelase, aspro's en regmakertjies. Kokette met kort rokkies en hoë hakkies wat oë soek. Mammie wat deur die gordyne loer, want netnou kom die Jesters straataf en wys vir die kênners die tattoe's op hulle onderlywe. Slange, skerpioene, drake uit China en low class models met groot tiete. Die onnatuurlike stilte Sondae. The morning after. Sommige tou kerk toe, vra vergifnis vir gisteraand se dinge en krag vir môre s'n. En genade asseblief Here. Vir alles en almal off-white, asseblief Here.

Kure en rate is vir die knoppe op vloerskropknieë. Vir die eelte van graafvathande. Hierie hanne van my ken nie van note nie. Nou en dan 'n halfkroon. Meesal sjielings en sikspense. En pennies vir die palmtjies van onse kleintjies. Die kollektiewe nektarresep van al die gode en gelowe sal nie ons siele lap. My mense. Wat het van julle geword? My huisietjie, my straat, my dorp, my Six? For twenty-four years I've been living next door to Alice. When I looked through the door I could hardly believe my eyes as a bulldozer rolled into Alice's drive.

My dear sister. Brother of mine. Our hometown. We tried to keep the dream alive. How we tried. It was shattered. Into more than a billion pieces. More than you will ever know. The dream was real. Reality a dream. We went to bed dancing in the kitchen, woke up dancing in the street. Diesel engines, blue overalls and broken glass. Heavy metal boots, walking over you.

We thought the road will go on forever. How abruptly it ended. Yes, my sister. Forever obliterated. My silver-haired daddy and my loving mother, taken by man on earth, decorated by God in heaven.

Die aanslag tref die kern van die psige en maak ons nog minder mens as wat ons was. Materiële verlies is een ding. Die emosionele 'n ander. Die skielike afwesigheid van hulle wat vir soveel dekades langs jou en by jou en bo jou gewoon het, laat ewige letsels. Bloed van jou bloed wat nooit versaak nie. 'n Geliefde onder die grond wat jy gedink het joune was, kaal en dor en braak soos die siele van ons lywe.

Verwagting en vrees. Hoop en wanhoop. Baklei vir vrede en geregtigheid. Paradoksaal; honderde met 'n onwerklike hoop tussen die wanhoop en ellende, maar die hoop het beskaam. Die verhuising na 'n huis teen die berg met 'n uitsig oor Tafelbaai vir dekades 'n blote illusie. Lang plat karre nie-beskore vir die paaie van die Ses. Individuele teenkanting teen die seekat-arms van die gereg, vrugteloos. Futiel. Ditto vir die krag van diversiteit.

En toe is alles oor. Heengegaan. Weg. Naby maar tog so ver. Maar die groen weivelde soos per die belofte van mens en God realiseer nie. Die nuwe habitat. 'n Plat land van wind en sand. Die woedende Suidoos die enigste gemene deler van dit wat is en wat was. Trane vir Tafelberg in die blou van die dag. Tafelberg die anker, donker gesilhoeëtteer teen die horison as die son op die water gaan lê. In die skaduwee van die berg; ons heimat. Ons spore. Ons lag. Ons pyn. Ons sweet. Ons grafte. Ons lewens.

Our enslavement a reality more than ever before.

Bettie

Toe ek in 1976 van die grens afkom, stop Ma 'n brief in my hand. Dis Bettie uit Kanada. Voshaarnooi matienooi van weleer. My gelos vir 'n donnerse Griek. Radiografis wat in Grootte Schuur kiekies neem van mense se binnegoed.

Saterdagoggend. Ek staan op DF Malan-lughawe en soek 'n studentemeisie met 'n poniestert. Maar Bettie is niet meer. Sarah Fawcett kom deur die skare aangestap Die mini is swart. Die hare is lank en blond. Oë mistig blou. Die lippe keurig rooi. Die pêrels van haar mond, die witste ivoor in Afrika. Sy hou my te lank vas en onderbreek die stilte met 'n serene stem uit 'n serafswêreld.

Hoe gaan??

Ek antwoord met 'n stem wat nog moet breek.

Dit is 'n heerlike dag. Matieland bak in die somerson. Helder water spoed in watervore onder akkerbome deur. 'n Magdom blare ry saam na wie weet waar? Coetzenburg!! Die ruik klim in jou neus; leer rugbyballe, vars gesnyde gras en Deep Heat. Ons ry verby Bettie se koshuis. Ek streel my stembande vir you should ever think of leaving me. Trane wel in haar se oë op.

Die wind stoot liggies toe ons Kaappunt nader. Astrante bobbejane koggel ons uit die bosse. Ek stop vir 'n skilpad. Bettie vat hom die veld in.

Ons stop by die restaurant onder die vuurtoring. Bettie bestel wortelkoek. Die versiersuiker is vir jou koer sy en druk die vurkie teen my lippe. Ek probeer wegkyk, maar gee op. Goedversorgde hande speel met 'n pêrelhalssnoer om haar nek. Die naels, goudkleuring geverf pas by die breë troupand aan die ringvinger. A beautiful lady with diamonds on her finger and pearls at her throat!!

Ons stap die steilte uit tot bo. In die verskiet klim die Hottentots-Hollandberge by Hangklip uit die see. Drie snoekbote vaar in gelid op die see na Kalkbaai met sy ruik van vis en sout. Bettie se blik bly op die asemrowende vista en myne op haar. Die army se blouvitrioel was 'n mite

Ons ry terug deur Kommetjie en gaan laai haar by Ouma in Constantia af. Sy loop die stoeptrappies op. My hart bons agterna.

Die nag droom ek van 'n Griek op die Akropolis. Hy dra 'n boepens en 'n harp. Bettie stap met skrapse klere tussen eeue-oue pilare deur en sit 'n lourierkrans op die boepens se kop. Ek skrik wakker en vloek.

Dinsdagaand. Bettie nooi my vir ete. Ek klop. Die deur gaan oop. Sy dra rooi-en-blou. Ek marsjeer agter haar aan sitkamer toe. Die sagte mat is oortrek met diere eie aan Afrika; buffels, renosters en leeus.

Ek groet vir Ouma en wens sy kry verkoue. Bettie help Ouma kamer toe. Ek gaan sit in die sitkamer en wens die oomblik duur vir ewig. Teen een van die mure kyk die Griek vir my uit 'n silwer raam.

Bettie stap binne. Weg is die rooi-en-blou. Die gehekelde kamerjas is pienk. Duiwe vlieg op die moue rond. Sy kom sit by my voete bo-op die leeu met donker maanhare. Ons lê die hele nag op die sagte mat. Net die twee van ons in die ganse kosmos, 'n buite-ruimtelike wêreld sonder pyn en sorge. Bettie en ek. Aphrodite en Ares. Aphrodite, die mooiste vrou in die wêreld, godin van skoonheid en fertiliteit. En Ares, mitiese god van oorlog. Berug vir sy buite egtelike verhoudings.

Nirwana par excellence - ontdaan van verlangens en hartseer.

Toe die voëltjies in die wilgers lewe kry, staan ek op, groet en ry triomfantlik terug Tamboerskloof toe. Eufories, maar terselfdertyd moertoe oor 'n vrou wat aan 'n Griek behoort maar myne moet wees. Donderdagaand gaan ek weer. Ouma se kulinêre kunsies is sonder weerga. Die tafeldoek is sneeuwit. Kersvlammetjies teken patrone teen die mure en sterre in Bettie se oë.

Nag Ouma.

Bettie kom sit weer op die leeu. Ek steek my tong uit vir die Griek in die silwerraam.

Sondagaand staan ons op die lughawe. Selfbewus en skuldig. Die intensiteit van die afskeid maak my oë nat. Die vliegtuig verdwyn tussen die wolke. Ek ry en verdwaal twee keer op pad terug stad toe.

'n Paar maande later kry ek 'n kaartjie uit Kanada. Dis Bettie. Ek staar na die kunstige handskrif. Baie dankie, jy het my huwelik gered. Liefde. Bettie.

Ek verstaan nie. Haar huwelik gered. My hart gebroke.

Sestien jaar later kry ek die antwoord. September 1992. As lid van die Suid-Afrikaanse driekampspan vlieg ons Toronto toe. Bettie kom groet op die lughawe toe ons terugvlieg Suid Afrika toe.

Ek wag by 'n hoë ronde tafeltjie. Bettie is nog mooier as eers. Haar dogter is by. Katrina. Katrina is pragtig. Sy skud haar blonde hare oor haar skouers en lyk soos Sharon Stone op 'n skivakansie in St. Moritz.

Ek gryp die tafeltjie vir balans. Duisende sterretjies dans voor my oë. Die oerknal van my persoonlike bestaan. Onder Katrina se linker mondhoek is 'n donker ster-agtige vlekkie. Ma en Ouma dra dit ook. Bettie was nie aspris nie. Sy het nooit vir Ma ontmoet nie.

My kop draai en tol. Gelukkig babbel Katrina aanmekaar, besing die deugde van haar ouers en pragtige land. 'n Gelukkige dogter met 'n pa wat sy dink hare is.

My gesig voel dood. Ek wikkel my neus vir gevoel.

KLM se meisie kom tot my redding.

Flight 137 to South Africa.

Ek omhels beide vroue en loop. By die swaaideure draai ek om en kyk in die blou oë van my dogter. Ek strompel vliegtuig toe en val op my sitplek neer.

Die lugwaardin begin met haar vertoning hoe om te lewe as die vliegtuig val. Toe die pong-geluid sê ons kan ontspan, bestel ek brandewyn.

Katrina!! Katrina!!

It's not nice to see a grown man cry.

Ons land in Kaapstad. Ek ry Vishoek toe en gaan sit op die Catwalk.

Fish hoek of Toronto.

A broken heart stays the same.

Bloed van my bloed. Toe die nag sy arms om my vou, ween ek soos 'n moeder wat haar dogter aan die dood afgestaan het.

Die Koedoebul

My liewe vroutjie Duifie het my Bulletjie genoem. Dit was lank gelede, nog voor liewe van vroutjie weggeval het. Bulletjie het na ses maande Bul geword en nog later Dolos. Duifie het Duif geword en toe Dyf.

Die naamsveranderinge dui op 'n idilliese samesyn wat gaandeweg bekoring verloor het. Jare later, een winderige agtermiddag, het die kerklike verbintenis tot 'n einde gekom, nie deur die dood soos vir Dominee belowe nie, maar met die soete knal van die regter se hamer en die hulp van 'n koedoebul.

Die wêreld was stomgeslaan.

Kan jy nou glo, Bulletjie en Duifie, die laaste van wie mens so-iets verwag.

Wat, Bulletjie en Duifie?

Laat ek begin toe Dyf nog Duifie was. Ek was pas uit die army en nog in my uniform toe ek Duifie se kat doodry en vir die eerste keer in haar ogies vaskyk, pleitogies, blougroen soos Lambertsbaai se see. Ons jaag veearts toe. Sy sit met die dooie kat op haar skoot.

Move it, soldier, por sy my aan totdat ek met skreeuende bande voor die plek stop.

Asseblief, dokter, my kat, smeek sy met betraande oë en hou die dooie dier soos 'n skinkbord voor die man. Maar die veearts kon nie vir Kietsie uit die dode opwek nie. Toe vat ek vir Duifie dokter toe wat haar op 'n drip sit en vir my sê om 'n dop te drink.

Toe die blou ogies my drie dae later nog nie gelos het nie gaan koop ek 'n wit katjie met blou oë en ry na Duifie se woonstel toe. Sy maak die deur oop, koer en nooi my binne. Ek gaan sit met 'n bek vol tande en wonder of haar ou groter as ek is.

Hoe oud is jy? vra sy en lek die katjie se koppie.

Drie weke, antwoord ek.

Nee, jy man.

O, ek, twintig.

En jou geboortedatum?

Ek antwoord.

O, dan is jy 'n Bul, perfek vir 'n Kreef, kraai sy en lek weer die katjie se koppie soos 'n draairoomys. Die rooi lippies dig eienskappe aan my toe en verander my persoonlikheid voor die koffie kom. Ek knik instemmend oor al my goeie hoedanighede waarvan ek tot dusvêr nie bewus was nie en vroetel met die suiker en die koppie terwyl ek aan iets dink om te sê. My oë gly tussen Duifie se enkeltjies en die fyn snytjie van die boesem en voel die army se blouvitrioel is te flou.

Die volgende aand gaan ek weer en die volgende en elke aand daarna. Heerlike dae van soen vat en doen. Drie maande later vra ek die jawoord, want tot dusvêr het sy nog vir alles ja gesê.

Ek kniel tussen die katte.

Duifie, trou met my asseblief?

Ek wag in spanning.

Ja, Bulletjie, sê saggies en kyk tot binne in my siel.

Ek skuifel die hemel binne, suig die supergloss van haar lippe en jaag die katte van die bank af.

Duifie se ma reken dis bietjie gou, maar maak die afspraak. Dominee ken sy storie, ou familievriend, hy sal julle als mooi vertel, van alles en wat julle ook al wil weet, hoor ons.

Vrydagmiddag laat voor fliek stop ons voor die imposante pastorie. Die grasperke is grasgroen en helderkleurige bougainvillea klim teen die mure en halfpad die dak op. Dominee staan op die stoep. Hy dra kakie en ruik na twak.

Middag Dominee, giggel Duifie en hou my vas asof ek gaan val as sy los.

Dis Bulletjie, Dominee, stel sy my voor, en kyk te diep in my oë.

Dominee probeer my hand vergruis en druk ons die studeerkamer binne. Ek val amper agteroor. 'n Koedoe-bulkop met glasige oë pryk teen die muur. Vlakvarke, springbokke en waterbokke loer uit die ander mure. Op die lessenaar gluur mevrou Dominee met 'n stywe bolla uit 'n silwer raam. 'n Groot portret van die laaste Avondmaal verskaf die nodige gerusstelling dat ons by die regte adres is.

Bulletjie en Duifie, bulder Dominee met sy preekstoel-stem, klop sy pyp en kyk vir die koedoe.

Pragtige dier, koer Duifie, staan op en soen die koedoe op sy neus.

Ek trek my voorvinger oor my lippe asof dit die koedoe van haar mond kan afkry.

Op julle aardse reis, dawer dominee en blaas rookkringe dak toe. Hy vertel ons hoe wonderlik die liefde is. Ek kyk vir Duifie en weet wat hy bedoel. Duifie woel haar vingers tussen myne in en wys vir

Dominee net die dood gaan ons skei. Ons luister aandagtig.

Mens loop nie alleen deur die lewe nie. Adam het vir Eva gekry en vir altyd by haar gebly, deur dik en dun by haar gestaan, selfs toe sy gaan vye soek, maar die appel vat, het hy haar gekoester en haar las help dra.

Ek staar na die dooie diere. 'n Dominee wat die paradys besing, maar diere doodmaak? My blik verskuif na die koedoebul. Die blink glasoog reflekteer my gesig. Die arme ding, vir ewig teen die muur gespyker, in plaas van in Tsumeb se klowe waar ek jare terug die eerste keer met 'n koedoe kennis gemaak het.

Die koedoebul en Dominee wat Prediker lees, maar die paradys se diere doodmaak, bly spook dwarsdeur die fliek.

Daardie nag sukkel dit om te slaap, ek draai en woel. Iewers in die nag klim Dominee op die preekstoel met 'n bandelier vol patrone. 'n Outydse langloopgeweer hang oor sy skouer. Die toga maak sy skouers breed. Duifie kom aan haar pa se arm die paadjie af. Sy dra 'n vye blaar waar haar bene bymekaarkom en 'n lourierkrans op die kop. Haar pa skud my hand en Duifie soen my oopmond en kom staan langs my. Haar handjie is koud en klam in myne. Dominee steek sy hande in die lug soos Batman en vra die seën, maar kry nie sy blik van die vyeblaar af nie. Halfpad deur die huweliksformulier steek hy pyp op en blaas blouswart rook in die ouderlinge se gesigte wat dit nie regkry om nie vir die bruid te kyk nie. Die tannies in die voorste ry se oë is pieringgroot en kyk vir Duifie of sy sleg ruik. Teen die muur bo die kansel beur 'n koedoebul ineens om los te kom. Dominee kry sy blik van die bruid af, klap die Bybel toe en gryp sy sanna. Die skoot knal.

Die gemeente het seker saam met my wakker geskrik. My voorkop is waternat asof ek deur die reën geloop het. Ek sukkel orent, druk die vensters oop en ruik die veld. Boegoe en anys.

Jare later het ek my maatjies van die droom vertel, dieselfde maatjies wat op my troudag net onthaal toe gekom het, want WP het teen die Bulle gespeel.

En toe trou jy nog altyd, was Harry se kommentaar.

Jerry het geskater: Wat 'n teken, man, die koedoe moes nog net praat, kan jy nou meer, ek sou gehol het en nooit weer omgekyk het nie.

Pa in Namakwaland het ook gebel.

Maar op dun ys om na drie maande te wil trou, ou seun, kyk liewers eers die kat uit die boom.

Pa, hier is so baie katte ek hoef nie boom te klim nie.

Maar nou ja, ek het nie gehol en ook nie boom geklim nie. Ons het later wel voor die kansel gestaan. Ek met 'n pluiskeil en Duifie met 'n wit rok en lang sleep. Die onthaal was lekker en die wittebrood nog lekkerder, maar dis waar dit opgehou het. Bulletjie het Dolos goed en Duifie Dyf. Ek en Dyf was net nie vir mekaar bestem nie. Dominee se koedoe het twee dode gesterf om my te waarsku. Ek het later teruggedink aan my kinderjare toe Pa my Suidwes toe gevat het en ek vir die eerste keer met 'n koedoe te doen gehad het.

Ek was so twaalf toe ons Tsumeb toe ry, deur Namakwaland met die N7 soos 'n lewensaar deur die blommeprag, oor die Oranje deur die dorheid tot ver anderkant Windhoek. Pa het my vroegoggend aan die onderpunt van 'n klofie afgelaai en onder 'n boom staangemaak.

As hulle verbykom, dan klits jy hulle.

Ja, Pa, hoog deur die nek, one shot.

Dis was ysig, die geweerloop het nog my hande gebrand, onthou ek. Toe die sonnetjie oor die rant kom, hoor ek die takke kraak en kyk op.

Die koedoe was was alleen, goudkleurig in die oggendstond, die girts-girts duidelik hoorbaar soos hy die grassies pluk en my kant toe wei. Ek het die geweer gelig, die koedoenek was die visier vol, maar my stokstywe vinger wou nie reageer nie.

Liewer kopskoot, Pa sal trots wees.

Toe die koedoe sy kop lig, vat ek korrel tussen die oë, maar die bul knip sy oog en kyk tot in my siel. Ek het die loop laat sak en hom agterna gestaar toe hy stertswaaiend voor my verby die rantjie uitloop.

My leuen het nie soos 'n leuen geklink nie.

Nee wat, Pa, lyk my nie die koedoes het vandag lus vir rondloop nie.

My kant baie gesien, ou seun, maar hopeloos te uitgeslape.

Dis nou jammer.

Toe maar, môre laat ons hulle les opsê.

Die volgende dag het ek tot Pa se verbasing weer nie koedoes gesien nie.

Dyf se pa het voorgestel ons probeer die huwelik red. Dyf het saamgestem, hoekom weet ek nie, want sy het net met haar katte gepraat en vir my salaris gelag. Skoonma was aan Dyf se kant. Sy het baie kom kuier, maar nie juis my kant toe gekyk nie en so met 'n ompad langs met my gesels.

My kind sê daar vir Dolos om die sout aan te gee, vergeet mos alewig om te spice.

Dit was later onuithoudbaar en ek het sommer langs die vuur bly sit terwyl Dyf en Mamsie die spices op die tafel vir mekaar aangee om die vleis wat ek gebraai het en vergeet het om te spice, geur te gee. Dan sit ek onder die sterre en wens ek kan die maan en die son op hulle pad terugdruk en die tyd verskuif toe ek nog agter die kaplyn boeliebief en rum gevat het. Lank nadat Skoonma met haar besem straataf verdwyn het, drink ek my laaste bier voordat ek opstaan en die gang afslof. Teen daardie tyd is Dyf nog besig om vir Sheeba en haar kleintjies nag te sê en kom nie agter as ek met my shorties onder die komberse inskuif en saam met Louis L'amour se cowboy deur die Wilde Weste ry nie. As Dyf met die katte klaar is, gaan sit sy groente op haar gesig en kom lê vir dertig minute op haar rug sonder om te roer of te praat. Dis goed vir plooie en vroumensgoed hoor ek as sy oppad badkamer toe in die mure vasloop en lelik praat.

Ek sny die middag gras, want die rugbyseisoen is verby en dis te vroeg vir bier. Dyf is in die kombuis besig om 'n mengelslaai vir haar wange en voorkop aanmekaar te slaan. In die agtergrond speel haar plate, duidelik hoor-baar bo die gedreun van die grassnyer.

Please release me and let me go, bekla Evis sy lot.

Ek stem saam en neurie saggies die woorde agterna.

Dolos, kom hier, skree Dyf deur die venster.

Nou daar, Dyf.

Dolos!! kom dit weer en ek lig my kop.

Dyf staan op die balkon met 'n kat en ronde komkommerskye op die oë soos 'n futuristiese wese uit 'n ander sonnestelsel en ek kyk of ek nie die ruimteskip sien wat haar moet kom vat nie.

Wat's dit? vra ek sonder om my blik van die hemele te vat.

Die afspraak is halfvyf, miaau sy tussen die spinasie en komkommer deur.

O gits, ja, sê ek gelate.

Weet nie juis wat ons daar gaan maak nie, maar nou ja, laat sy hoor voor sy omdraai en voel-voel die kamer binneloop.

Ek weet ook nie, maar hou dit vir myself.

Ek het gehoop sy vergeet van die afspraak. Nog twee uur voor ons besoek aan doktor Visagie. Die sielkundige is al amper honderd, maar Skoonma sê hy lap so baie huwelike hy voer materiaal uit China in.

Vieruur trek ek die kar uit die garage en wil toet, maar besef dis onwys en ook nie juis die tyd daarvoor nie. 'n Paar minute later kom Dyf die stoeptrappies sonder groente af. Die mini is kort en die wangetjies roomglad, die lippies styf opmekaar, donkerpers geverf. Die komkommer het darem plek gemaak vir donker maskara en geverfde wimpers. Sy ruik na aarbeie en olyfolie. Ons ry die straat af. Dyf sit amper op die sypaadjie en neurie Ge Korsten se Seeman.

Help, dink ek, mag Lapman Visagie in sy roeping faal en sy materiaal uit voorraad wees.

Die kar wip oor 'n slaggat. Ek probeer vir reaksie.

Wonder wanneer maak hulle die verdomde pad reg?

Dyf wonder seker ook, want sy antwoord nie.

Ons stop voor Dok Visagie se huis. Dyf wip uit en loop die tuinpaadjie op soos 'n mannekyn in Milaan. Dok staan in die deur. Hy lig sy kierie en wink ons nader soos stout kinders.

Oudok, dis Dolos, koer Dyf en glimlag vir die eerste keer in ses maande.

Ons skuifel agter die kierie se klap die gang af. Dok druk ons sy spreekkamer binne.

Sit gerus, mooi netjies langs mekaar, julle tweetjies, brom Lapman en druk sy krom vinger bank se kant toe.

Daar's nie 'n mouter wat hierdie omie nie kan regmaak nie, masjiene, gearboxes en what have you en hy kyk vir Dyf en toe vir my asof ek van my sinne beroof is.

Nog mooier as wat jou liewe moeder was, rasper sy stem en begluur my weer met gefronste gesig.

Dyf gaan sit en wag om te hoor ek is die vark in die verhaal. Sy kruis haar beentjies en kry dit sowaar weer reg om te glimlag. Dis of iemand vir my sê om agter my te kyk. Ek draai my nek en val amper van die bank af. Die koedoebul teen die muur kyk dwarsdeur my.

Pragtige dier, Suidwes se grootste ooit, sê Dok asof ek gevra het.

Duifie spring orent en druk haar voorvinger teen die koedoe se neus en kom sit weer met gekruiste beentjies.

Oudok, hier gaan jou lappies nie werk nie sê ek saggies en knipoog vir die koedoe.

www.ingramcontent.com/pod-product-compliance
Lightning Source LLC
LaVergne TN
LVHW010459160826
845677LV00012B/2560